장난천재 쾌걸 조로리

⑮ 수수께끼의 비행기

하라 유타카 글 · 그림

앗!
그러고
보니……

날아라, 날아올라,
바람을 가르며!
우리의 꿈을 날개에 싣고
엄마가 계신 곳으로
날아가라!

조로리는 뭔가
생각났는지
갑자기 노래를
멈추었어요.

"이 몸의 아빠께서 조종사였다는 이야기를
들은 적이 있는데."
"조로리 사부님의 아버지는 어떤 분이셨나유?"
이시시와 노시시는 조로리에게 바짝 다가가
물었습니다.
"그게 말이다, 나도 잘 몰라."
조로리는 슬픔이 가득 찬 눈으로 하늘을
쳐다보았어요.

그 이야기를 근처 풀숲에서 듣고 있던

조로리 엄마의 유령이

"그래, 그럴 수밖에 없지. 조로리는 세 살 때부터

아빠를 만날 수 없었으니까……."

하고 눈물을 뚝뚝 흘리며 중얼거렸습니다.

그러고는 조로리 아빠가 없어진 이유를

어린이 여러분에게 들려주었어요.

조로리 한마디 메모

o 조로리 엄마는 십여 년 전에 병으로 세상을
떠났습니다. 하지만 조로리가 걱정이
된 엄마는 유령이 되어 언제 어디서나
조로리를 지켜보고 있습니다.

① 조로리 아빠는 자기가 만든 비행기로 넓은 하늘을 자유롭게 나는 것이 꿈이었어.

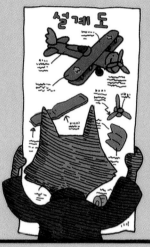

② 어느 날, 드디어 혼자서 비행기를 만들었단다.

해냈어. 드디어 해냈다고!

③ 그 사람은 너무 기쁜 나머지 시험 비행도 해 보지 않고 산 너머로 날아갔지.

여보, 조심 해요.

④ 그리고 영영 돌아오지 않았어. 나중에 산산조각 나 버린 비행기를 산속에서 발견했다고 들었단다.

⑤ 조로리가
세 살 때 일이었어.
그 아이가
아빠에 대해
기억을
못하는 것도
당연한
일이야.

이놈, 거기 서라! 도둑이야!

조로리 엄마가
갑자기
이야기를
멈출 만큼
큰 목소리가
들려왔습니다.

⑥ 그 뒤로 혼자 어린
조로리를 열심히
키웠단다.
여러 가지 어려움도
있었지만 조로리가
효자로 자라
주어서……

7

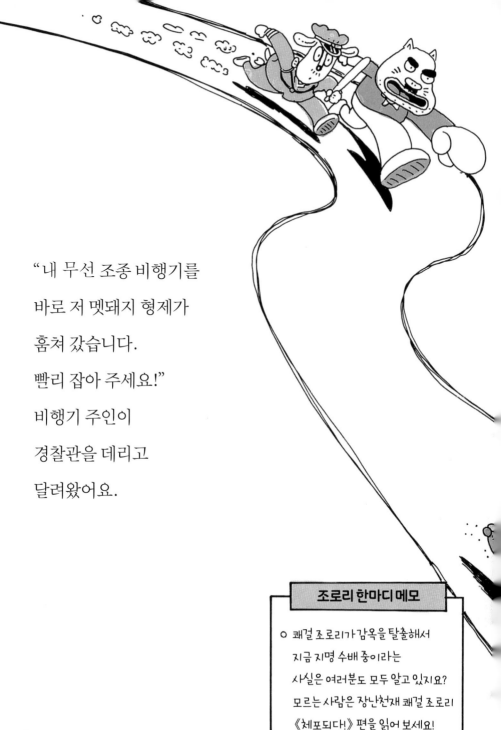

"내 무선 조종 비행기를
바로 저 멧돼지 형제가
훔쳐 갔습니다.
빨리 잡아 주세요!"
비행기 주인이
경찰관을 데리고
달려왔어요.

조로리 한마디 메모

○ 쾌걸 조로리가 감옥을 탈출해서
지금 지명 수배 중이라는
사실은 여러분도 모두 알고 있지요?
모르는 사람은 장난천재 쾌걸 조로리
《체포되다!》편을 읽어 보세요!

"헉, 이 무선 조종 비행기를 너희가 훔친 거였어?
큰일인데. 지금 잡히면 우리가 지명 수배 중이라는 게
들통나서 다시 감옥에 가야 한다고!"
조로리 일행은 급히 도망쳤습니다.

걸음아 날 살려라 하고 도망가는데,
사람들이 웅성웅성 모여 있는
모습이 눈에 들어왔어요.
"잘됐다. 우리가 저기 섞이면
아무도 못 찾을 거다."
조로리 일행은 와글거리는
사람들 속으로 재빨리 들어갔습니다.

꽤 시끄러운데.
축제라도
하는 건가유?

아니에요.
이곳에서 가장 부자인,
머니 아가씨가
여행을 떠난다고 해서
모두 배웅하러 모인 겁니다.
봐요, 저 자가용 비행기로
가는 거예요.

한 사람이
가리키는 곳을
본 조로리 일행은
깜짝 놀랐어요.

조로리 일행은 근처에
있던 트렁크와 가방을
열고 그 안에 몸을
숨겼습니다.

어라,
어디로
갔지?

잠시 뒤, 주위가 조용해지자 조로리와 이시시는
살그머니 트렁크에서 얼굴을 내밀었어요.
그곳은 짐들로 가득 찬 어두운 방이었습니다.
"조로리 사부님, 우리가 하늘 위에 있는데유."
작은 창문을 통해 밖을 내다보던 이시시가
말했어요.

"아, 우리가 그 부자 아가씨의
비행기 안에 숨었구나."
조로리가 혼자 중얼거리고
있을 때 노시시가 가방
안에서 튀어나왔습니다.

우아,
조로리
사부님!
이 가방
안을 좀
보세유!

조로리가 살펴보니 가방 안에는
돈다발이 가득했어요.
"오늘 정말 운이 좋군! 이 돈을 전부
챙겨야겠다.

내친김에
이 비행기를 타고
경찰도 못 쫓아오는
남쪽 섬에 가서
느긋하게 사는 거야.
어때?"

조로리가 이렇게
제안하자
"찬성, 찬성.
대찬성이지유!"
순식간에 의견이
모아졌어요.

우선 조로리는 문틈으로 객실 상황을

살펴보았습니다. 그곳에는 머니 아가씨가

인형들에 둘러싸인 채

초콜릿을 맛있게 먹고 있었어요.

그 옆에는 비실비실하고 나이가 많은 집사

한 명만 있었습니다.

"저런 영감은 식은 죽 먹기지.
아가씨를 인질로 삼아
이 비행기를 납치해 남쪽 섬으로
단숨에 날아가는 거다.
히히히."
조로리는 어느새 쾌걸 조로리로
변신하고서 객실 문을 향해
잽싸게 달려갔습니다.
그런데 그때였어요.

비행기가 갑자기 심하게
흔들렸습니다.
조로리는 바닥에 넘어지면서
소리를 질렀어요.
"으악, 무, 무슨 일이 일어난 거야?"
대답은 문 밖에서
들려왔습니다.

"아가씨! 큰일 났습니다. 엔진 상태가
이상하다고 조종사가 보고했습니다."

 "어머, 어쩌면 좋아요, 집사님."

 "고장난 엔진이 감당하기엔 비행기가 너무
무거운 것 같습니다."

 "그럼 화물칸에 있는 짐들을 전부 버려서
가볍게 만들면 되잖아요."

 "그것 참 좋은 생각입니다."

둘의 대화를 들은 조로리는
당황했어요.
"화물칸이라면 여기를
말하는 거잖아!
이대로라면
틀림없이 바닥이
열려 짐과 함께
비행기 밖으로 떨어질 거다.
얘들아, 벽에 찰싹 달라붙어!"

"뭐라구유?
저 돈이 꽉 찬
돈 가방을 그냥
버리라는 거예유?
전 그렇게 못해유."
노시시가 돈 가방을 자기 쪽으로
끌어당기려고 할 때였습니다.

조로리가

말했던 대로

바닥이 열리고

짐들이 나뭇잎처럼

춤을 추며

공중에 떨어졌습니다.

물론 욕심쟁이
노시시도 돈과
무선 조종 비행기를
끌어안은 채
땅으로 떨어졌어요.

"이시시, 꼭 잡고 있어.

우리도 손을 놓치면 노시시와

같은 운명이 되고 만다."

조로리가 그렇게 말했을 때

지금까지 들리던 엔진 소리가

갑자기 멈췄습니다.

"어어, 설마 엔진이 멈춘 건 아니겠지?"

조로리 말이 맞았습니다.

엔진이 멈춰 버렸어요.

조로리
사부님!

으,
으악!

비행기는 심하게
흔들리며 곤두박질
치기 시작했습니다.
그때 조로리는
발이 미끄러져
비행기에서
떨어지고 말았어요.

위기일발!
그런데 이시시가
잽싸게 조로리의
망토를 잡았어요.
그러나 조로리가
안심한 것도
잠깐.

으윽,
수, 숨 막혀!
망토 끈이
목에 감겼어!

더는 방법이 없었습니다.

이시시가 손을 떼면 땅으로 곤두박질

치고 말 테니까요.

이대로 비행기가 산에 부딪히기를

기다릴 뿐이었습니다.

아아, 조로리가 살 방법은 더 이상

없는 걸까요?

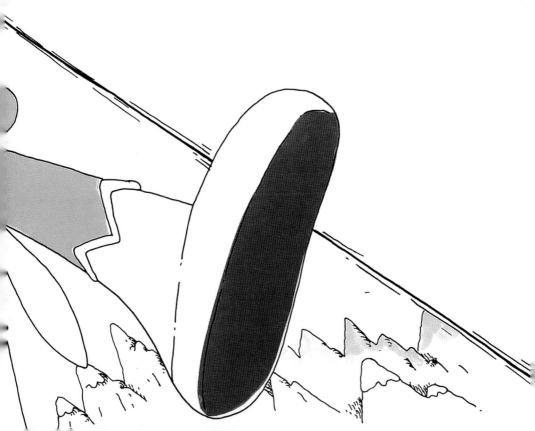

앗!

우 두 둑

우 두 둑

후유,
살았다!

털석

아뇨, 조로리는 불사신입니다.
눈 덮인 산비탈에 있는 나무를
두 발로 잡아 탈출에 성공했어요.

이거 너무 비참한걸.
우리도 탈출하지
못했다면 이렇게
산산조각 났겠지?

조로리는 나무에서
내려와 비행기가
떨어진 곳으로
부리나케
달려갔습니다.

이시시가 자신 있게 말했을 때,

"살려 줘요."

들릴 듯 말 듯한 목소리가

어디선가 들려왔습니다.

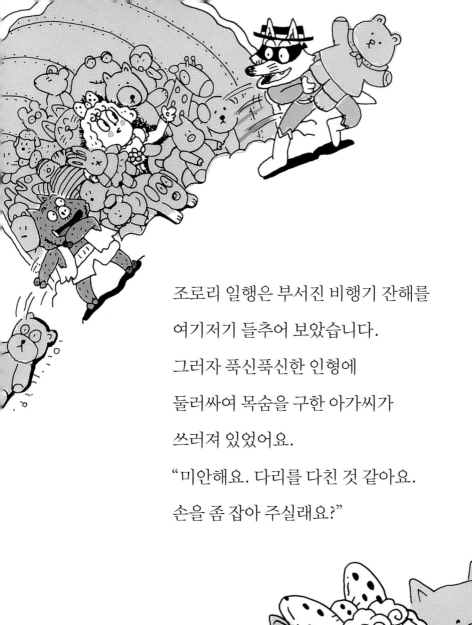

조로리 일행은 부서진 비행기 잔해를
여기저기 들추어 보았습니다.
그러자 푹신푹신한 인형에
둘러싸여 목숨을 구한 아가씨가
쓰러져 있었어요.
"미안해요. 다리를 다친 것 같아요.
손을 좀 잡아 주실래요?"

조로리는 친절하게 손을 내밀어 아가씨의
손을 끌어당겼습니다.
"고마워요. 난 머니라고 해요.
잘 부탁드려요."
조로리는 머니의 아름다운 눈동자를 보고
가슴이 두근거렸습니다. 아무래도 머니에게
첫눈에 반한 것 같았습니다.

조로리가 찢어진 망토 천으로 머니의 발을
붕대처럼 감으며 말했습니다.
"이런 상태로 산을 걸어 내려가기는 무리인데."
"미안해요. 제가 짐이 되는군요."

머니의 눈에서 진주 같은 눈물이 떨어지는 것을
본 조로리는
"괜찮아요. 이 몸이 지금부터 무슨 일이
있어도 반드시 당신을 지켜 주겠습니다."
하고 멋지게 큰소리를 쳤습니다.

"구조대가 반드시 올 거다.
우리는 그때까지 살아야 해.
우선 추위를 피할 곳과 먹을 것을
찾아야 한다."
셋은 곧바로 부서진 비행기로 가
남아 있는 것들을 모아 봤습니다.

비행기에 남아 있던 것은
이것이 전부!

☆ 옷과 먹을거리는 전부 화물칸에 두었는데
너희도 알다시피 모두 다 버렸다!

◎ 과자(머니가 먹다 만 것)

- 포테이토 칩
  열두 개 반
- 머니의 잇자국이 난
  초콜릿 하나
- 머니의 목숨을 지켜 준
  인형 서른네 개

- 라이터
- 손전등
- 조종실
  밑에서
  발견한
  도구 상자.
  온갖 도구가
  들어 있음.

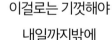

어라,
이게
전부야?

이런 일이
일어날 거라곤
전혀 생각하지
못했거든요.
그래서 과자를
거의 다 먹어
버렸어요.

이걸로는 기껏해야
내일까지밖에
못 버티겠는데.

하늘에서는 눈이
나풀나풀 내리기
시작했어요.
셋은 인형 더미 안으로
파고들어 조금이라도
추위를 피해 보려고
했습니다.

조로리 한마디 메모

☆ 여러분에게는
즐거워 보이는
장면이겠지만
우리는 엄청
힘들다는 걸 분명히
알아주기 바란다.

"인형들도 꽤 쓸모가 있네유."

 "조, 조용히 해 봐!"

갑자기 조로리가 귀를 쫑긋 세웠습니다.

부우웅!

아주 희미하게 비행기 소리가

들려왔기 때문입니다.

조로리와 이시시는 인형 더미에서
튀어나와 하늘을 향해 손을 흔들었어요.
그러나 하늘이 잿빛 구름으로 뒤덮여
아무것도 보이지 않았습니다.

"구조대가 온다고 해도 구름이
두껍게 끼어서 우리를 못 볼 거야."
조로리가 맥이 빠져 고개를 떨어뜨렸을 때,
"잠깐만요!"
머니가 눈을 반짝이며 말했습니다.

노시시가 머니의 비행기에서 떨어질 때
가지고 있던 무선 조정 비행기 덕분에
목숨을 구했습니다.

앗, 노시시.
무사했구나!

하지만 넷은 산더미처럼 쌓인
돈다발을 가운데 놓고 한숨을
쉬었습니다.
이곳에서는 돈으로 아무것도
살 수 없으니까요.
해가 저물면서 기온이 더 내려가
심한 추위가 느껴졌어요.

난
이 돈으로
입천장이
다 델 만큼
뜨거운
냄비 우동을
이백 그릇
정도 먹고
싶네유.

이 돈을 가지고
마을에 가면
손난로나 난방 기구는
물론이고 가게도
통째로 살 수
있을 텐데유.

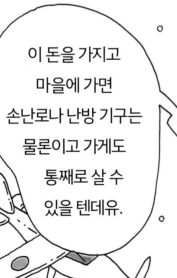

머니는 안타깝게도 입술이 새파래져서 떨고
있었습니다. 그 모습을 본 조로리가 갑자기
가방에서 돈다발을 꺼내 라이터로 불을
붙였습니다.

 "으악! 뭐하는 거예유? 조로리 사부님,
너무 추워서 머리가 어떻게 되신 거
아니에유?"

조로리는 돈다발로 모닥불을 피워 놓고

머니를 바라보며 말했습니다.

"이 몸에게는 돈이 불타는 것보다

아가씨가 꽁꽁 어는 모습을 보는 것이 훨씬

고통스럽소.

자, 머니 씨. 이 쪽으로 와서 몸을 녹여요."

"어머, 고마워요. 정말 자상한 분이시군요."

머니가 덜덜 떨리는 목소리로 말했습니다.

아아, 오늘 조로리는 왜 이렇게 멋진 걸까요?

콧물만 흘리지 않았더라면…….

주르륵

세상에서 최고로 비싼 모닥불을 쬐면서
조로리는 좋은 생각이 떠올랐습니다.
"이봐, 노시시. 아까처럼 무선 조종 비행기에
매달려 산기슭에 가서 도움을 청해 볼래?
그러면 내일이라도 구조대가 오지 않을까?"
"그야 엄청 쉬운 일이지유. 저한테 맡겨 주세유."

노시시는 곧바로
무선 조종 비행기를 타고
모두의 희망을 싣고서
산기슭을 향해 날아갔습니다.

노시시가 탄 비행기가
어둠 속으로
사라지자 주위가
쥐 죽은 듯
조용해졌어요.

이곳에 사람을
잡아먹는 늑대 같은 건
없겠죠?

하하하. 만일 있다고 해도 걱정하지 마세요.
야생 동물들은 불을 무서워하니까
여기에 다가올 수 없을 거요.

하지만
조로리 사부님.
이제 더는 모닥불을
태울 돈이 없는데유.

아니,
뭐,
뭐라고?

모닥불의 불길이
다 꺼져 갈 무렵

눈밭을 한 걸음 한 걸음 내디디며
뭔가가 다가왔습니다.
조로리가 손전등으로 어둠 속을
비추자……

엄마야! 틀림없이
늑대일 거예요. 우릴
잡아먹고 말 거예요.

그곳에는 부서진 무선 조종 비행기를 안고
코피를 흘리는 노시시가 서 있었습니다.
"흐흑, 이제 마지막 희망도 사라지고 말았구나."
조로리는 머리를 감싸 쥐었어요.

"조로리 사부님, 포기하기엔 아직 일러유.

이 무선 조종 비행기는 앞부분이 조금 휘었을

뿐 나머지 부분은 아직 멀쩡해유.

이번엔 어둠 속에서도 잘 보이도록

라이터를 켜 놓고 고치면 돼유.

조로리 사부님이라면 얼마든지 할 수 있어유."

이시시가 노시시에게서 무선 조종 비행기를

빼앗아 조로리에게 내밀었습니다.

그러자 조로리가 눈을 번득이며 소리를 질렀어요.

"그래, 맞아! 여기에는 진짜 비행기도

떨어져 있잖아.

나한테는 무선 조종 비행기나 진짜 비행기나

마찬가지지.

진짜 비행기를 만들어 버리자고!"

이렇게 해서 모두
조로리의 지시 아래
진짜 비행기를 만들기
시작했습니다.
게다가 몸을 움직이자
추위도 잊을 수
있었습니다.

으음, 이 커다란
비행기가 날기에는
엔진도 약하고
연료도 부족하군.
좋았어, 우리 넷만 타면
되니까 좀 작은 비행기로
만들어야겠구나!

저는 움직일 수가
없으니 이 인형들로
비행기의 좌석을
만들게요.

이것 보라고! 천재 조로리가

눈도 그치고
구름도 걷혀
하늘이 조금
밝아졌을 때,
드디어 비행기가
완성되었습니다.

비행기의 뒷부분을
조금이라도 가볍게
하기 위해서
무선 조종 비행기로
들어올린다.

머니가
직접 만든
좌석

시동을 켜면 무선
조종 비행기의 시동도
함께 걸리지.

이 비행기는 2인승이기 때문에
이시시와 노시시가 날개에 매달려
몸을 오른쪽 왼쪽으로 움직이며
비행기의 방향을 조절한다.

바람막이

대형 비행기로 소형 비행기를 만들었어!

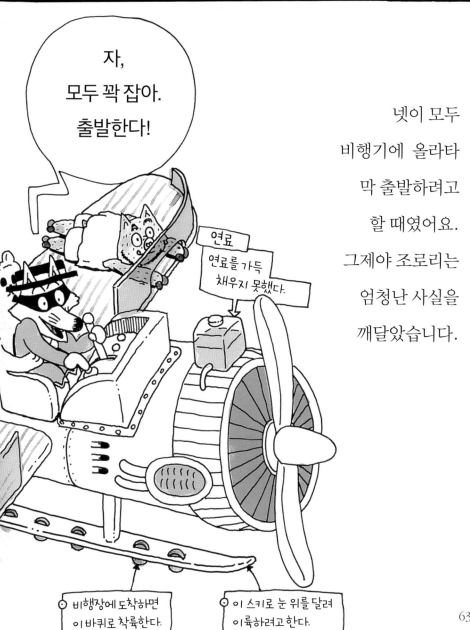

자,
모두 꽉 잡아.
출발한다!

연료
연료를 가득
채우지 못했다.

비행장에 도착하면
이 바퀴로 착륙한다.

이 스키로 눈 위를 달려
이륙하려고 한다.

넷이 모두
비행기에 올라타
막 출발하려고
할 때였어요.
그제야 조로리는
엄청난 사실을
깨달았습니다.

헉

꺽

활주로가
없잖아!

이륙할 때 활주로로 쓰려고
생각했던 산비탈에 눈 쌓인 나무가
쑥쑥 솟아 있었습니다.

이런 장애물이 많이 있는 곳을 미끄러져
내려가면 허술하게 만든 비행기는
엉망진창, 산산조각이 나고 말 겁니다.

천재 조로리는 생각했습니다.

우선 비행기의 날개 두 개를 붙였어요.

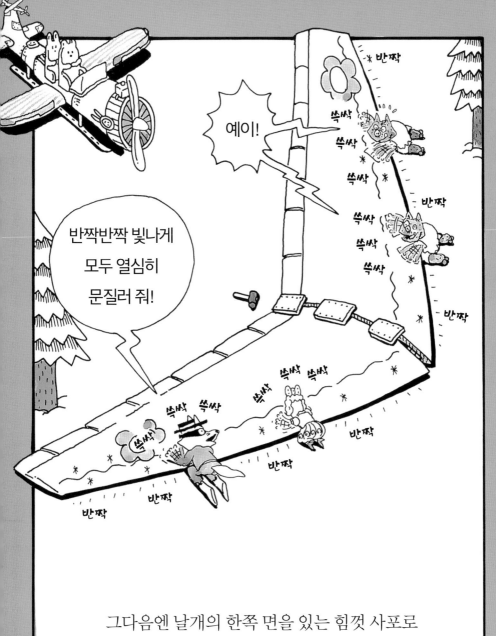

그다음엔 날개의 한쪽 면을 있는 힘껏 사포로
문질러 커다란 칼처럼 만들었어요.

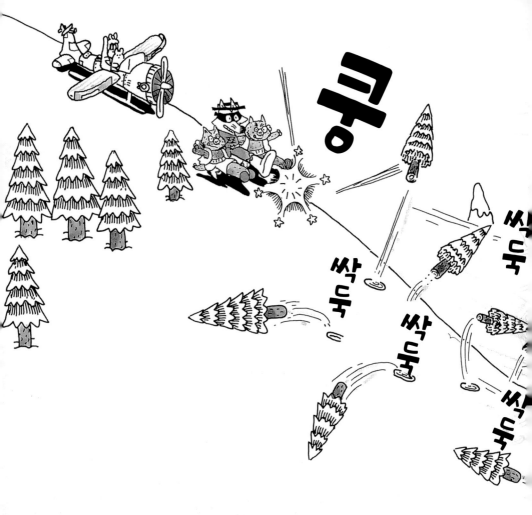

이 날카로운 칼을

산비탈에 미끄러뜨리면

마치 수염을 깎듯이 나무들이 싹둑싹둑

베어져 넘어지겠죠.

그리고 그다음에는……

넷이 모두 비행기에 올라타자
조로리는 시동을 걸었습니다.
부릉부릉 이제 멋진 활주가 시작됩니다.

부릉
부릉
부릉

꽉
잡아!

비행기는 눈 덮인 산비탈을
무섭게 미끄러져 내려갔습니다.
조로리 일행은 과연
하늘을 날 수 있을까요?

멋지게
하늘로
날아오른
것까지는
좋았지만……

크, 큰일이다. 주변에
온통 산밖에 없잖아.
연료도 조금밖에 없는데
어느 쪽으로
가야 하지?

그렇습니다.

이대로 무작정 날기만 하면

곧 연료가 바닥을 드러낼 테고

또다시 추락할 게 뻔합니다.

그때 새빨간 비행기가 조로리 일행의
비행기 옆을 스치면서 앞질러 갔습니다.
잘 보니 조종석에서 검은 그림자가
손을 흔들었습니다.

"따라오라고 하는 것 같은데요."

머니가 이렇게 말하자

"저 비행기를 믿어 보는 수밖에 없겠군."

하며 조로리는 지푸라기라도 잡는 심정으로

빨간 비행기 뒤를 따랐습니다.

한참 날아가니 평평한 곳이 나오면서

목장과 집들이 보였습니다.

드디어 앞쪽에 비행장이 드러났습니다.

"살았다! 저곳까지는 충분히 날아갈 수 있어.

저 비행기 조종사에게 고맙다는 말을

해야겠는걸."

조로리가 그 비행기를 따라잡으려고

속도를 내자

앞서가던 비행기는
휘익 하고 비행기 머리를
돌리더니 하늘 높이
날아올라 커다란 구름 속으로
사라져 버렸습니다.

조로리는 그때
살짝 어디서
본 듯한
얼굴이라는
생각이
들었어요.

비행장에서는 구조대가 머니를 찾으러 갈
준비를 하던 참이었습니다.
그런데 머니가 고물 비행기에서
내려오자 그야말로 난리법석!
경찰, 신문 기자, 방송 리포터들이
머니에게 우르르 몰려들었습니다.

그 사람들 속에서
조로리는
보기 싫은 얼굴을
발견했습니다.

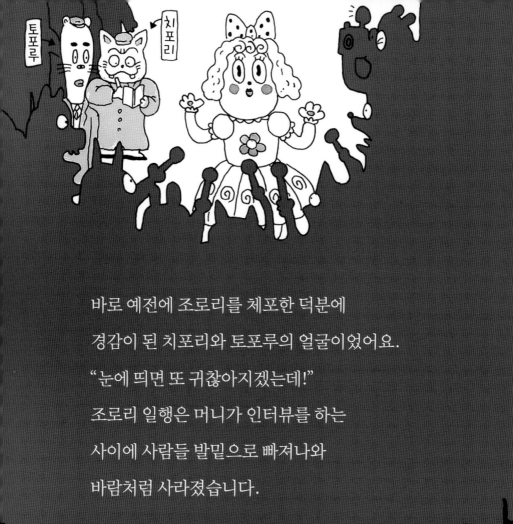

바로 예전에 조로리를 체포한 덕분에

경감이 된 치포리와 토포루의 얼굴이었어요.

"눈에 띄면 또 귀찮아지겠는데!"

조로리 일행은 머니가 인터뷰를 하는

사이에 사람들 발밑으로 빠져나와

바람처럼 사라졌습니다.

크나큰 업적을 세운 영웅
이름도 밝히지 않고 사라지다!

머니 아가씨, 비행기 사고에서 기적적으로 탈출!

어제 자가용 비행기가 산에 부딪힌 사고 때문에 행방불명이던 머니 아가씨가 오늘 아침 비행장에 도착했다. 머니 아가씨의 말에 의하면 눈 덮인 산에서 조난을 당했을 때 갑자기 나타난 낯선 세 명이 힘을 합쳐 비행기를 만들어 자신을 구해 주었다고 한다. 그러나 그 세 명은 비행장에 도착하자마

☆ 목숨을 구한 머니 아가씨(그녀를 구해 준 것으로 보이는 세 사람의 모습이 보이지만 유감스럽게도 얼굴을 알아볼 수가 없다.)

자 바람처럼 사라졌다. 이렇게 훌륭한 일을 하고도 이름을 밝히지 않고 사라진 이들이 있다니 요즘 같은 세상에 거짓말 같은 훈훈한 뉴스다.

머니 아가씨 인터뷰

"그렇게 머리 좋고 용기 있는 멋진 분은 지금까지 만난 적이 없어요. 가능하면 한 번 더 만나서 감사하다는 인사를 꼭 전하고 싶어요."라며 무척 안타까워했다.

쾌걸 조로리 나타나다!

머니 아가씨가 돌아온 비행장 부근에서 쾌걸 조로리를 보았다는 제보가 끊이지 않고 있다. 또 어떤 나쁜 짓을 하려고 이 마을에 온 것인지 사람들은 불안한 마음을 감추지 못했다. 조로리 수사로 유명한 치포리와 토포루 경감은 "세상에는 목숨 걸고 아가씨를 구해 준 착한 사람이 있는 반면에 조로리 같은 나쁜 녀석도 있습니다. 여러분도 주의해 주십시오."라고 전했다.

치포리 경감

토포루 경감

글쓴이 소개

하라 유타카 (原ゆたか)

1953년 구마모토 현에서 태어났다.

1974년 KFS콘테스트 고단샤 아동도서부문상 수상.

주요 작품으로는 〈자그마한 숲〉 〈마탄은 마사오군〉

〈장갑 로켓의 우주 탐험〉 〈나의 보물 나막신〉 〈푸우의 심부름〉

〈내 것도 아빠 것처럼 되는 걸까?〉 〈시금치맨〉 시리즈 등이 있다.

옮긴이 소개

오용택 (吳龍澤)

일본대학교 예술학부 방송학과를 졸업하고

중앙대학교 신문방송대학원을 졸업했다.

중앙대학교 외국어아카데미에서 일본어를 강의했다.

그 외 카피라이터로 활동 중이며 아이들을 위한 좋은 책을 기획, 번역하고 있다.

옮긴 책으로는 《건강한 삶, 건강한 기업》 등이 있다.

글·그림 하라 유타카
옮김 오용택

개정판 1쇄 인쇄 2024년 12월 1일
개정판 1쇄 발행 2024년 12월 11일

펴낸이 김영곤 **펴낸곳** (주)북이십일 을파소
기획편집 이장건 김의헌 박예진 박고은 서문혜진 김혜지 이지현
아동마케팅 장철용 양슬기 명인수 손용우 최윤아 송혜수 이주은
영업 변유경 김영남 강경남 황성진 김도연 권채영 전연우 최유성
해외기획 최연순 소은선 홍희정
디자인 김단아 **제작** 이영민 권경민

출판등록 2000년 5월 6일 제406-2003-061호
주소 (우 10881) 경기도 파주시 회동길 201(문발동)
연락처 031-955-2100(대표) 031-955-2109(기획편집)
팩스 031-955-2122 **홈페이지** www.book21.com

ISBN 979-11-7117-736-3 74830
ISBN 979-11-7117-605-2(세트)

다양한 SNS 채널에서 아울북과 을파소의 더 많은 이야기를 만나세요.

인스타그램
@owlbook21

페이스북
@owlbook21

네이버카페
owlbook21

네이버포스트
아울북 and 을파소

• 제조자명 : (주)북이십일
• 주소 및 전화번호 : 경기도 파주시 회동길 201(문발동) / 031-955-2100
• 제조연월 : 2024.12.
• 제조국명 : 대한민국
• 사용연령 : 8세 이상 어린이 제품

かいけつゾロリとなぞのひこうき
Kaiketsu ZORORI to Nazo no Hikoki
Text & Illustraions©1994 Yutaka Hara
All rights reserved.
Original Japanese edition published in Japan in 1994 by Poplar Publishing Co., Ltd.
Korean translation rights arranged with Poplar Publishing Co., Ltd.
Korean translation copyright©2024 by Book21 Publishing Group

하라 선생님의 축하 인사말

韓国のみなさん、原作者の原ゆたかです。
ぼくは次々とページをめくりたくなるような
楽しい子どもの本を作りたくて
「かいけつゾロリ」を書きはじめました。
日本では、本を読むのがにがてだった子どもたちも
読んでくれるようになりました。
ぜひ、韓国のみなさんにも楽しんでもらえると
うれしいです。よろしくね。

한국 어린이 여러분, 안녕하세요.

《장난천재 쾌걸 조로리 시리즈》작가 하라 유타카입니다.

저는 어린이들이 계속 보고 싶어 하는

재미있는 책을 만들고 싶어서 《장난천재 쾌걸 조로리》를 쓰기

시작했습니다.

일본에서는 책읽기를 싫어하던 어린이들도 이 책을 읽은 후부터

다른 책도 읽게 되었다고 합니다.

한국 어린이들도 꼭 재미있게 읽어 주면 좋겠습니다. 잘 부탁해요.

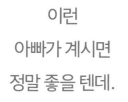

이런
아빠가 계시면
정말 좋을 텐데.

게임을 좋아하는
아빠라면 함께 놀 수
있어서 즐거울 거야.

요리하는 걸 좋아하는
아빠라면 맛있는 음식을
많이 만들어 주실 테니까
좋을 거야.

오, 상투 머리시네.
영화 배우신가 보다.
자상하고 멋진 배우
아빠가 계신다면 그것도
좋겠는걸.